나 빼고
다 연애

그러든지
말든지

나 빼고 다 연애

글. 그림 **원주영**

슬로래빗

차 례

1장

어쩌다

솔

로

6장

그래도

오
늘

1장

어쩌다

솔
로

순서가 있으면 좋겠어

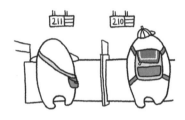

은행에서는
번호표를 뽑고
기다리면

당연히
내 순서가
온다.

기가 막히게도

내가 아는
모두가
연애中

연애에도
순서가
있으면
좋겠어

쯧쯧쯧..

엄마표 김밥을 먹다가

그동안
내 연애에
말없던 아부지가

올해만
몇번째…

늘어가는 아부지
늘어가는 나
철부지

걱정하시는 아부지
걱정끼치는 딸년
미친

정말

정말

" 세상의 여자는
나 하나없으면 좋겠어 "

" 다른 여자들은 다
죽어버렸으면 좋겠어 "

(드라마 또 오해영 대사 中)

· · ·

그냥

사랑받고

싶다해

니들은 입이 없니

가을맞이
원피스 지름~ㅉ

기분좋은 노린데···
기분 나쁘다ㅠㅠ

女구들만
예쁘다 해줌..

男구들아!!
니들은 입이없나····

그런 질문은!

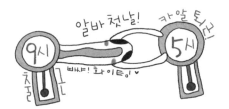

알바 첫날!

카알 퇴근!

9시

5시

출근

빠싸! 화이팅!

이런 네모진 공간에

빨쯩... 빨쯩...

여기서
새로운 →
과제를 —ᴅ
맞어야 하는디..

새로 알게 된
그들의
질문!

왜 아직
결혼은
안하셨어요?

• • •

그런 질문은!
집에 두고 와주세옵!!

그래서 없나 봐요, 허허허

월욜 아침출근길!!

아이고오———
예쁘네~

조오~겠네에~
예쁘다아~~

요ㅐ이2H?

아오~
예뻐!

21

나이 들었네
어린건 다 예뻐보임

• • •

슬프다야~~

근데! 난 어릴 때도
예뻐본 적이 없음...

낯설다...

A모임에 들어간 지 2달째!

어색+낯설게 한달 보낸 후!
조금 익숙해진 후 바로! 작업~유후!

친숙하게
많은 대화를!

안녕
안녕
에롱!
힝ㄱㄱ

어떤이와는 둘이 을 먹기로 함

아, 근데
말야

男子,
너 너무
낯설다 (휘이익…)

…그만해

뜻하지 않게
혼자
여행을 떠났다.

나름,
좋은 시간을
보냈다.

책도 읽고

편지도 쓰고

맛난 밥도 먹고!

현실과 단절된 시간이
내게 필요했나보다

자알 쉬었으니!
가자!
집으로!

..돌아오는 버스안..

가장 압권♥ 지하철안쑤

28

·그·만·해·

배고픈 여자사람

웬 뭐구가
멋지다고 난리남

그런데
나는 그가

김이 아니라

떡으로 보인다

아노! 배고픈가
다 먹는거야

ㅋㅋㅋ

그래요..
나는 배고픈
여자사람입니다

나는요 ^{진심} 초콜릿이 싫어요

진심, 내일이
빼빼로데이인줄..

...기념일따위
개나 줘버리지...

멍!

34

니들이나, 나나 ♥♥

하하하ㅎ샤하하하하
오ㅎ호ㅎ호ㅎ호ㅎ호ㅎ호
ㅋㅋㅋㅋㅋㅋㅋㅋ

뭐, 그래~
펑 ——— 션
난 니들처럼 인기#인 적
없다!

그게
자랑임?

근데!
니들왜슬퍼?

너들이나, 나나

남친이 뭐예요?

조카의 자문자답

나의 이상형

그녀

내가 안통하고
포용력없는 女人인가..

지금까지
없는 걸보면...

ㅋㅋㅋㅋ 그냥!
혼자살아!!

꿈남친

언니가 말했어

내 꿈에서 너가 결혼했어!

신랑이 귀엽더랏~!

친구도 말했어

내 꿈에 너~어~ 남친 생겼더랏!

5살 연하던데~ 꺅~!

44

모두, 아픔이 있다

모두, 아픔이 있다

누구나
자기 아픔이
가장 힘들다

누구도
다른 이의 아픔을
판단해서도
손가락 질해서도 안된다

아픔엔,

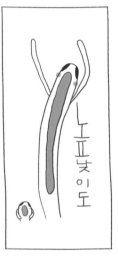

그러니까

내 이야기를
맘대로 생각하지 말아줄래

정색中

눈 맞추고 손잡고
들어줄 것 아니면

신경써줄래?

그런 건
사절임

괜찮아…?

힘든 누군가에게 물었다
'괜찮아?'

… 사실은 내가,
내게 묻고 싶다
'괜찮아..?'

2장

짝사랑,

젠
장

친구가 깨달음을 줬어

중병 걸렸네

빠마함

실제로보면
예쁜 원피스ㅋ

네일아트

힐
장
착!

아는지… 모르겠지만…

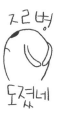

저번
도졌네

파도, 단상

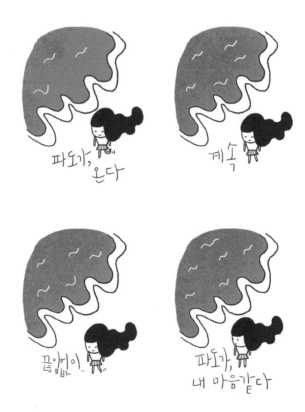

파도가,
온다

계속

끝없이..

파도가,
내 마음같다

숨어있, 일어오고   또, 일려온다

그래서,

차갑고

아리다

괜찮아지겠지

男씨 에게
까였다ㅠㅠ

괜
찮
녀
지
않
다..

아프다

화이트데이란…

화가 난닷!

이런!

럽러블 메이커들!

메이트는
안드로메다
에서 왔다!

이 사탕
다 내꼬야!

다 먹어버릴테다!!

질척, 거리는 중

원래 나는
글·그림·포스팅·운동
혼자있는
시간을 잘,
각종공부
보내는 편
이다 잠ㅋ
책읽기·미드보기

그런데

뭐씨오와
연락 시작 부터
끝난 후 지금도

잘,
못 보낸다

만날 땐 두근 두근
두근 **두근** 두근 두근
거려서
...

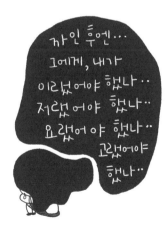

차인 후엔...
그게, 내가
이랬어야 했나..
저랬어야 했나..
요랬어야 했나..
고랬어야
했나..

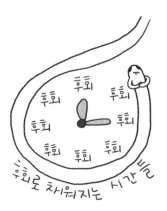

"사랑은 바라지도 않는다.
심심해 죽겠다. 진짜!"

(또 오해영 대사 中)

잊으라고 그만해

그게
쉬우면,

세상에
이별노래가
그리 많을까..

잊어가고
있어

접어가고
있어

흐르고
있으니까

그러니까
그만
재촉해

내게
그 사랑도
이 아픔도
모두 소중해

주고 싶다! 진짜!

언제나,
사랑받고 싶었다

그 런데

사 랑은

주는 거란다

그런데

사랑

내 을

바람 勇이 없네..

여전히, 바보 같다. 나

비올 듯한 하늘에
운동을 나갔어

그냥,
걸었어

복잡하고 복잡한 생각이
꼬리에 꼬리를 물었어

후드득
비가 내렸어

그냥 걸었어

그냥 뛰었어

79

비를 흠뻑 맞으면서
답답한 속이 풀리길 바랐어

하지만
여전히 나는...

그가
생각나

비와 함께 이 맘은
왜 떠내려가지 않는걸까..

집에 올 때까지 비를 맞으면서
깨달았어

비가 언제 올지,
난 몰라

비가 언제 그칠지,
난 몰라

지금은 그냥,
아파할 시간인거야

여전히 그냥,
그런 것뿐이야

언젠가는

그치겠지

지금, 비처럼

어느 날
예쁘게 입었지~♬

경직

미치진 말아야지

바빠서 그런지

아~~~무
생각 없는 요즘인데

친구야

주정받아줘서
고마워

술은 원수!

친구는
천사

이 또한 지나갈 거야

약속없는 저녁엔
걷는다
오늘이 그날이다

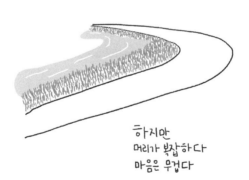

하지만
머리가 복잡하다
마음은 무겁다

터벅터벅
뚝방길을 걷는다

여전히

머리는 복잡하다
마음은 무겁다

툭,
뛰기시작했다

사랑을
여럿 제치고

숨이 마구 마구
차오를 때까지

어느순간

복잡했던 머리와
무거웠던 마음이

가벼워졌다

그래,

이렇게
숭쉬게 힘들 정도는
아니잖아

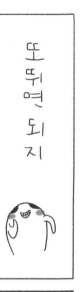

견딜만 하잖아

또 힘들면

또 뛰면 되지

이 또한 지나갈 거야

눈.물.닦.고

힘들어, 울었어.

울고

 우나

◊

피어난, 우지개

그래

이제,

눈. 물. 닦. 고.

마음녹여

화이팅

사랑은 타이밍

그가 나를
몰라 봤을 뿐이다

나는 그를 크게
봤을 뿐이다

그와 난,
크기가 맞지
않았을 뿐이다

언젠가 나와 같은 마음의 크기를 가진 男이 나타나면

그때가 Good Timing!!

아니면 뭐, 혼자서라도~ Good Timing으로 살테야ㅋ

행복해서 웃는 게 아니고~
웃어서 행복한거야!

고령고령~

3장

너마저

결혼

외로움이 바다를 삼키네요

부산 결혼식
1박 2일

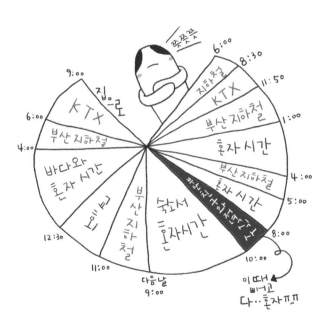

쪽쪽쪽

6:00
지하철
8:30
KTX
11:50
부산 지하철
1:00
혼자 시간
부산 지하철
4:00
혼자 시간
5:00
파티장에서혼자
8:00
10:00

이때 빼고 다..혼자ㅋㅋ

9:00
집으로
KTX
6:00
부산 지하철
4:00
바다와 혼자 시간
오바이트
12:30
부산 지하철
11:00
숙소서 혼자시간
다음날
9:00

어느 날 카톡

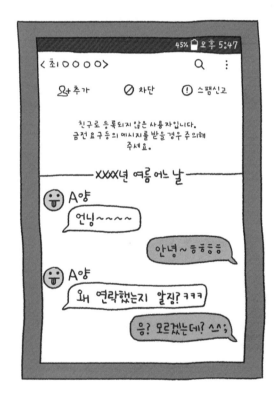

진짜, 몰랐음

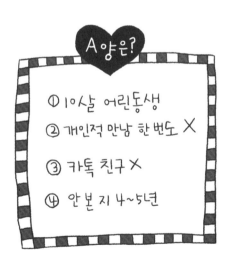

A양은?

① 10살 어린동생
② 개인적 만남 한 번도 ✗

③ 카톡 친구 ✗

④ 안 본 지 4~5년

같이 일하는 동료
깜놀!

무슨 일이에요?
왜 그래요?

이 쌘이
날 미진쌘 만들었네~

ㅋㅋㅋㅋㅋㅋㅋ
ㄷㄷㅋㅐㅐㅐ
ㅋㅋ 아이고

아이, 아이, 또 아이

오랜 친구들과
즐거운
송년모임

나혼자 미혼

집으로 가는 길

그래서 엄마가 되었답니다

아주 털털한
10년지기 친구가
연애를
시작했을 때
이야기다

연애 전

친구야!
ㅋㅋㅋ(기름기
쫙빠진
목소리)

연애 中

어머~!
친구야앙~!
(닭살을
부르는 소리ㅋㅋ)

내 돌직구!! "너 목소리
왜 그러냐!"

왜엥~
나 원래
이랬잖앙~

삐졌으시네

연애하는
그 친구를
만나다

(안뇽!)
안녕!

(으앗, 귀여운걸..)

여러분은
모르시겠죠?

목에 두른 쫄, 귀걸이,
진한 화장..

처음 본 친구의 #구행서..

나는 정말이지
낯설답니다..

사람이
어떻게 변하니!

영화 〈봄날은 간다中〉

그래서 그 친구는
아이엄마가 되었답니다

허허허

우리네 인생사, 도긴개긴이겠죠

친구들의
SNS

간 만에 남편과
알콩달콩 데이트♥

어느새 큰 예쁜 내 딸!

··전엔 내게 없는 것을
보며 슬퍼했드렸지··

우는 모습도 귀여운 아들

근데,
지금은…

…
결혼한 니들도
힘든거.. **안다**..

우리네 人生事

도긴개긴

명절이 싫은 것도

토 낀개 긴

명절 끝나 좋은 것도

토 낀개 긴

토 낀개 긴

혼자보다 둘이 좋은 건가

2시간걸려
친한 부부
만나러 가는 날

신난당

짝짝!

시간은 훅훅~ 간당!

같이가는 동생과
수다 꽃

집에 올 땐
혼자오니‥
시간이 너무
길～게
느껴지네‥

나도 좀 줘요

결국,
할 이야기는
너 아이 밖에
없구나...

나 빼고 다 애엄마

힘들 때,
전화를 한다

마음을
털어놓을
상대는
. . . .

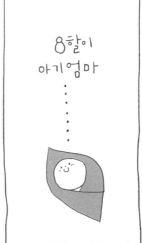

8할이
아기엄마
. . . .

외로우네

그냥

다서운

허물없는
모임참석!

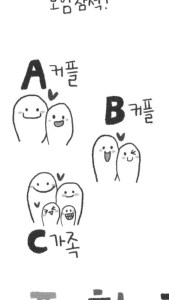

A 커플

B 커플

C 가족

커 · 플 · 천 · 국

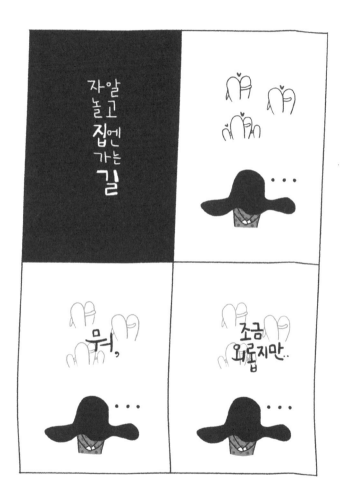

선택은, 어려워

4장

닥치고

재미나게

재미추구자 주렁양

○○○ 회사

〰 교회

✕✕✕ 사무소

△△△ 여행

□□□ 요가

내가 만든 명함들..

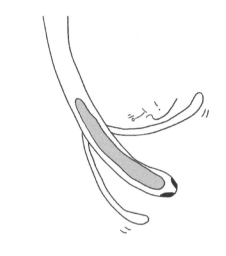

정작, 나는
명함이
없는데
ㅋㅋㅋㅋ

ㅋㅋㅋ

더 예뻐질 거거든

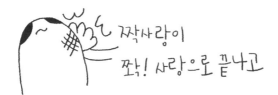

짝사랑이
짝! 사랑으로 끝나고

널브러져서...

140

홀린듯
참석~!

메이크업 강사♥

예뻐지고

친구도 생김
(강사가 동갑!)

1석2조!

앗싸~!

나 혼자 논다

노래방

혼자
가기!

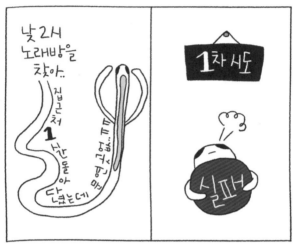

낮2시
노래방을
찾아..

접근처
1
시간돌아
다녔는데

엄청더웠어..ㅠㅠ

1차 시도

실패

드디어
저녁**8**시~
노래방 입성~♬

쉬지 않고
1시간**30**분
불렀음♬

느낀점 ★

① 나는 노래부르는 걸 좋아함

② 그래서 계속 웃었다

③ 맥주까지 마시니 최오!

④ 옛 생각이 새록새록..

⑤ 같이 놀던 친구들은 어데갔나ㅠㅠ

우어,
그래도
2차 시도

성공

나 혼자 간다

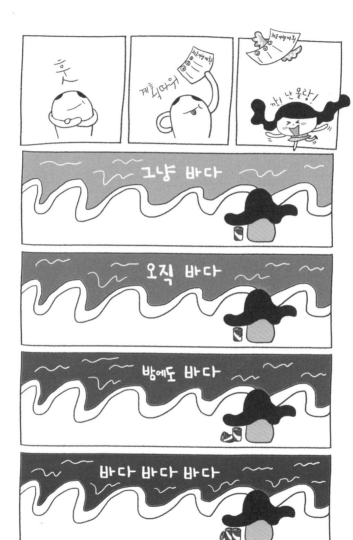

나 혼자 본다

새로운 도전

그런데, 맘은
계속 허하다

그래서
오랫동안
하고싶었고
시간도
마음도
채워질

글쓰기수업
결정!!

얼씨구나 좋다

오랫만에
징을 쳤다

다요트! 아잣!

살!쪘!다!

어마무시

5kg 빼고 싶었는데
더 쪘음쓰

애가 친구하자고
올것같음ㅋ

ㅋㅋㅋㅋㅋㅋㅋㅋ
ㅋㅋㅋㅋㅋㅋㅋㅋ
ㅋㅋㅋㅋㅋㅋㅋ
ㅋㅋㅋㅋㅋ

생긴 것과 다르게

빵빵

꾸게

우리하면
옴 여기저기서
테러한다

♫ ♪ 그리하야~
나님 맞춤
다요트!

1 음식 오래 씹어 넘기기

2 일주일에 4일 저녁은

견과류	바나나	블루베리
토마토	고구마	당근
계란	사과	브로콜리

이 中에 적당량 흡입

3 식사 후 10분이상 움직이기

다다다~

4 일주일에 30분이상! 운동!!

헉! 헉!

꼭! 지키겠어요!

혼자서라도 당당하게 건강하게 살 수 있도록

161

닥치고!
재미지게 살기!

외로움 따위!
꺼져버려!

깍!

5장

나의

오
아
시
스

우리, 이번 생에 잘해요

어느 날 ♪

♪

언니 핸드폰지

아부지가
언니에게
전화했다 ♪

♪ 아부지

약간
취한 아부지~

아부지!

이번 生에
그냥
같이 잘해요ㅋ

그럼에도 불구하고

너는!!
무뚝뚝하고, 제멋대로고,
밥도 잘 안먹고, 예민하고,
까칠하고, 아픈데 싸돌아다니고,
이 모양이고, 저 모양이고..

그런 엄마가
구청에서 핸드폰 활용법을
배우더니..

엄마톡
화면변경!

그래! 나다!

마음에 안드는 게
백만가지가 있어도,
나는 엄마의 딸이다

정말 나쁜 딸이얌

미워삲어도 사랑받겠당

미친!

엄마는 내가,
어떠함에도 불구하고
나를 사랑한다

결국, 그 사랑이
힘든 하루에
위로를 준다

그냥, 내 편

우리 엄마는

결혼, 안해도 된다
결혼, 해도 외롭다
네가, 행복하기만 하면
된다

울 엄마는,

내편

그냥, 내가

행복하길

바라는

그냥,

내편

나의 술친구 ♥

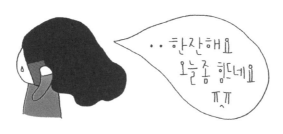

·· 한잔해요
오늘좀 힘드네요
ㅠㅠ

오늘은 신나는 날~
같이 치맥해요^^
유후♬

잔뜩 들고

간 곳은

주전부리

Beer

언니집

오늘에 대해
어제에 대해
내일에 대해
人生에 대해

이야기를 깊이
할 수 있는
사람들

나의 멘토이자, 친구이자, 가족인
언니 & 형부

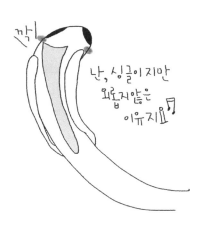

깍!

난, 싱글이지만
외롭지않은
이유지♬♩

언니는 사장님

이젠, 내뜻대로 하지만
어떤 의미에서
언니는 여전히
나의 사장님 ♥

행복은 가까이에

조카1 생일 기념
데이트 中에

갑자기 훅,

내 人生도 멀리봐야 하는구う...

문제들만 가까이 보니

너가제일싫어 내사랑은어디에 건강이문제 미래란두려움 돈은어디에 내일은없다

문제만 크게 보인다

인생은
멀리서 봐야 알고
행복은
가까이에
있네

조카 1!
사랑한다!

할머니! 이모는 천사야!

엄마와
안좋던 날

엄마가
언니,조카1,조카2와
외출했다

엄마가 차 안에서
내 흉을 봤댄다

가만히
듣던
조카2

할머니!
이모는
천사야!

언니
엄마
깜놀!

하지만, 다시!

엄마는
막내딸 때문에
속상한 것을 설명 中

할머니?

다시,

내 마음을 살찌게 하는 음식들

힘들 땐,

언니가 만들어준
초코머핀과
라떼 ♥

지칠 땐

ㄷ양이
만들어준
마파두부밥!

외로울 땐

ㅂ양이
만들어 준
소세지 야채볶음

내가 만든 인형

세상에서
가장 싫은 것

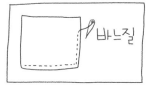

바느질

뜨개질

그런데, 우연히 블로그에서

엄청 귀여운
양말인형
발견!

과감히 도전!
첫인형
엉망진창
1 2 3 4 5 6 7 8 9 10 11 12 13 14 15 16 17 18 19 20 21 22 23 24 25 26 27 28 29 30 31 32 33 34 35 36 37 38 39 40 41 42 43 44 45 46 47 48 49 50개 넘게 만들고 만드니...
주렁양표
양말 인형 탄생

고마워요

왠지모를 찌뿌둥함ㅉㅈ

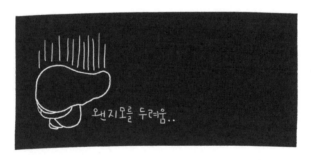

왠지모를 두려움..

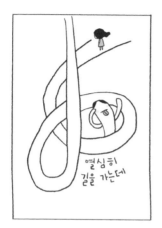

열심히
길을 가는데

이랬던이

꽝일것같은

불안과
두려움으로

하지만

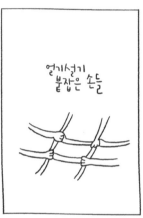

엉기섫기
붙잡은 손들

내게
"혼자가 아니야"
라며 손내밀어준 사람들

토닥토닥

당신들이 있어
오늘을
살아요

이미,
내 안에
꽃이 가득함을
오서 나는
못보는 걸까

6장

그래도

오 늘

어쨌거나, 땡큐

출.근.

적.기.

오늘 할 일
1. 메일 확인
2. 디자인 시안

오늘 할 일 시작

점심.

오늘 할 일 마무리

퇴근.

하지만, 저 속속들이에
복잡한 관계들이
복잡한 계산들이
복잡한 디자인들이
아주 가득하다

그래서, 아프기도 신나기도 하다

아프든,
신나든 THANK 하다

일할 수
있음에^^

사무실에서 외침

나한테
이러지마요

오조마다
1년씩늙어요..

실수해도 괜찮대

2 CD 케이스 만들다

1 ——— 8 ———
2 ——— 9 ———
3 ——— 10 ———
4 ——— 11 ———
5 ——— 12 ———
7 ———

6번이 어디
간...겨...

3 이런 오타아 ...

4 저런 실수 ~~~~

5 요런 실수우우우우 !

6 그런 실수다요잉 ———

실수할 때마다
바닥을 친다

실수할 때마다
상사가 말하길

나도 실수해요

괜찮아요

다음엔,
같은 실수는
안하도록
조심
합시다!

이 말이 실화냐!

시간이 지나
일이 익숙해지니,
실수도 덜해진다

사장님 감사합니다!

배꼽
인사

사회 생활

자알 한다

마음 청소

청소하다가
갑자기,

울컥,
했다

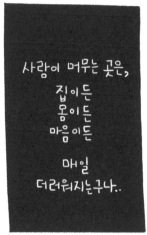

사람이 머무는 곳은,
집이든
몸이든
마음이든

매일
더러워지는구나..

그래서
매일
씻고
닦고
해야 하는구나

그러니까

매일 엉망되는 것도

매일 새로운 마음을
가져야 하는 것도

당연한 거구나

그렁그렁

깨끗해진
방을 보면서

내 마음도
행복해졌다

Me Before You

톡톡 튀는 말투,
4차원, 엉뚱함,
긍정의 힘

· · 뭐가 닮았는지
알겠네ㅋ

어두웠던 전과
달라진 나는

'네!'
'할 수 있어요'
'괜찮아요'
라는
긍정의 말과

'꾸오'
'유후'
'깍' '끽'
이런 엉뚱한
소리도 많이하지~

달라진 이유는,
내가 어떻게 해도
받아주는
동료들 덕분!

싸랑해요! 동료들~

예전히
사회생활 잘하네?

인생 퍼즐

<가로>
1. ———
2. ———

<세로>
1. ———
2. ———

추억돋는
작업을 했다

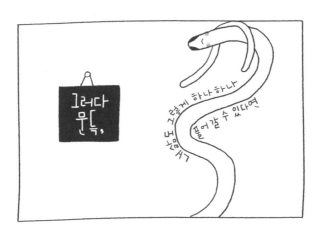

그러다
문득,

나는서
그렇게 하나 하나
풀어갈 수 있다면

221

참 좋겠단
생각이 드네

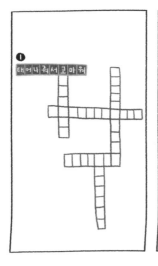

① 태어나줘서고마워

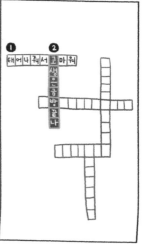

① 태어나줘서고마워 ② 생일축하방끝나

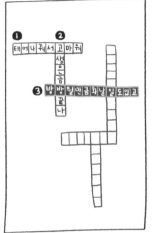

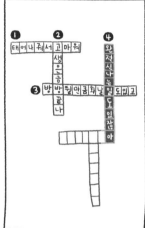

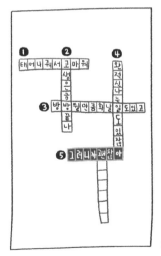

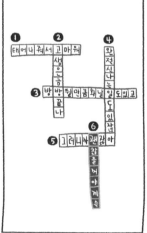

나에게 여행이란

여행을
다녀온 후
많은 일이
있었다

더럽게 많은 일들

여행!
이란
그런 것같다

얼기설기
얽힌
실타래를

또르르

풀어주는
그런 것

돌아오니
다시
얽히기
시작했지만

젠+。the 장

문제

227

무거, 괜찮아!

마~이 넘어지면 또 훌쩍 가지 무거

그게 **인생** 이지

그래서

ㅋㅋㅋ

(또 가야징)

오늘도 감사

당황

버스에서
내렸다.

정거장
찾아서
걸었다

울컥했다

사람 일은

알 수 없고

또,
알 수 없다는

갑작스런
생각

그러니까,

이렇게
두 다리로 걷는다는
것만으로도

감사해야지

힘내

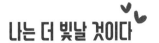
나는 더 빛날 것이다

있어도 문제
없어도 문제

해도 문제
안해도 문제

건강도 문제
관계도 문제
부모님도 문제
자식도 문제

문제··· 문제··· 문제··· 문제···
문제··· 문제··· 문제··· 문제···
문제··· 문제··· 문제··· 문제···
문제··· 문제··· 문제··· 문제···
문제··· 문제··· 문제··· 문제···
문제··· 문제··· 문제··· 문제···

문제를 무찌를 때마다
나는 더,
빛나게 될 것이다

손이 가요 손이 가

모두 행복했으면 좋겠어

오늘 누군가에게
이 말 하면서
울컥 했다

어쩌면

나는

내가,
행복했으면
좋겠어..

싶은지도
말하고
라고

모른다
생각이서
들어
...

...
그래

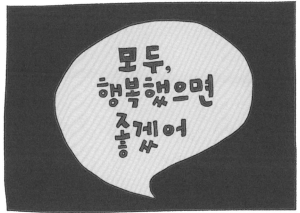

어제보다 오늘 더, 오늘보다 내일 더

① 건강하게!
② 건강하게!?
③ 건강하게!!
④ 건강하자!

몸을 바꾸고픈 **4**명이
뭉.쳤.다!!

대한민국 복지프로그램

국민체력100

- 인바디검사 -
- 윗몸 일으키기 -
- 상대악력 -
- 멀리뛰기 -
- 유연성검사 -
- 단거리뛰기 -
- 장거리뛰기 -

을 통해

순발력 **근지구력** **유연성**

민첩성 **심폐지구력** **근력**

을 CHECK 한다

6개월동안 각자 지킬 것을 정하고
다시 검사하기로!

100% 지키진 못했지만
6개월 지난 **지금^^**

←덜 피곤한 나!

←늘어난 근육

←편해진 속

그럼, 어제보다
오늘 더
건강해질 거야

나이가 많~이
들어도

나다운 이야기를
그리고 있음 좋겠다

나마저 연애중?

나는, 나를 사랑하는 게 어려웠다.

짝, 어려웟!

오랫동안 난, 내가 제일 미웠다.

내가! 넌데!

너! 이거!

연애中에도 얘가 왜 날 만나는지 이해 못했다.

전남친

어느 날 책에서, '느린 자살'이란 단어를 봤다.

'느린자살?'

252

항상 죽고 싶었는데
이미, 난
느리게 자살 中임을
깨달았다.

이건 아니다 싶었다.
그래서
발길을 돌렸다.

난 누구지?

난 뭘 좋아하지?

찾기 시작했다.

내 입에
맛난 음식을 찾았다.

맘에 드는 옷을
찾았다.

그림 그리기에서
재미를 찾았다.

그러다 보니, 어느새 나는
내가 좋아졌다.

나 빼고 다 연애

ⓒ원주영 2018

초판1쇄 인쇄 2018년 6월 11일
초판1쇄 발행 2018년 6월 29일

지은이 원주영

펴낸이 김재룡
펴낸곳 도서출판 슬로래빗

출판등록 2014년 7월 15일 제25100-2014-000043호
주소 (139-806) 서울시 노원구 동일로183길 34, 1504호
전화 02-6224-6779
팩스 02-6442-0859
e-mail slowrabbitco@naver.com
블로그 slowrabbitco.blog.me
포스트 post.naver.com/slowrabbitco
인스타그램 instagram.com/slowrabbitco

기획 강보경   편집 김가인   디자인 변영은 miyo_b@naver.com

값 14,000원
ISBN 979-11-86494-41-7 03810

「이 도서의 국립중앙도서관 출판시도서목록(CIP)은 서지정보유통지원시스템 홈페이지(http://seoji.nl.go.kr)와 국가자료공동목록시스템(http://www.nl.go.kr/kolisnet)에서 이용하실 수 있습니다. (CIP제어번호 : CIP2018017633)」